昭和十九年、十二才の日記

佐藤わか

たま出版

■はじめに

何年か前から、いじめ、自殺、先生と生徒・親と子の関係、家庭の崩壊等々を聞くなかで、自分が十三才の頃はどんな生活をしていたのか考えました。

十三才のとき、先生が、

「毎日日記を書きましょう。一日の最後に三センチくらい空所をつくり、二、三日に一度、先生の机の上に提出してください。ノート一冊書き終えるまで、毎日書く努力をしましょう」

と提案されたのです。

私は、先生の書いてくださる感想を読むのが楽しみで書き続けられたのかもしれません。先生の感想は教えられたり褒められたり、今思ってもどんなに元気づけられたかわかりません。

最近になって、当時の先生は私達と七才しか違わなかったのだと知り、あのときの先生はまだ二十才だったのかとびっくりしております。

先生は、現在もお元気で東京にお住まいです。毎年美しい年賀状をいただいて、私のほうが慰められております。

日記には先生の感想が書いてありますので、六十三年のあいだ大切にしまっておきました。

それをこのたび、本にして出版することになりました。本にするにあたっては、当時の日記に加えて、当時の思い出や近況、そして日記に出てくる人たちとの現在の交流についても書くことにしました。

大東亜戦争の真っただなかで、当時子どもたちがどのような毎日を過ごしていたのか、ひとつの記録として皆様のお目に留まれば幸甚です。

なお、当時の日記では旧かなづかいや旧漢字が使われていましたが、書籍化するに当たってはそれらをすべて現代かなづかいと常用漢字に直しました。また、日記では知人、友人等、実名で書かれておりましたが、プラバシーのこともありますので、本書ではイニシャルに変えたことをあらかじめお断りしておきます。

昭和十九年、十三才の日記●目次

第一部　昭和十九年の日記

北海道旭川市立日章小
高等科二年　佐藤和可子

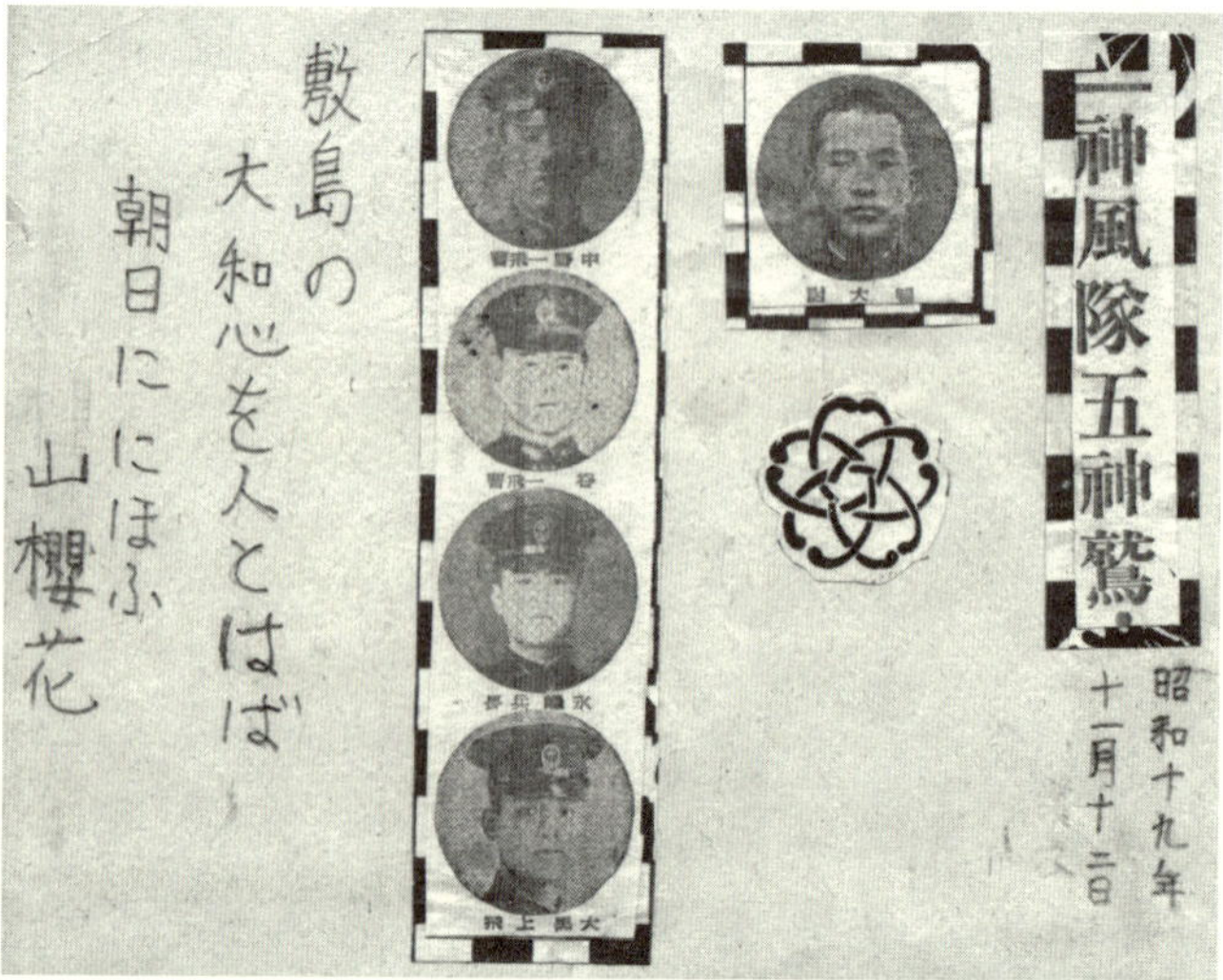
神風隊五神鷲
昭和十九年
十一月十二日
敷島の
大和心を人とはば
朝日ににほふ
山櫻花

帝國教育會編纂

日誌

各學年用

十月十九日　木

今日は、はっきりしないお天気で暑くてたまらなかった。この間から書くと言っていたのに、意志が弱いため日記を書かないでいたが、今日の先生のお話しになったことが私に言っているように思えた。それで初めて気がついて、そんなに反省日記を書いている人と差ができるのかと思うと、何か恥ずかしく、今日から書こうと心に決めた。

今日の五時の報道を聞いて、大戦果を上げたので嬉しく思っていると、最後に、「我が方に三百十二機の未帰還」というのを聞き、私はますます米英に勝たなければならないと、堅く心に思った。

〈先生の言葉〉

※以下、太字のカッコ書きの箇所はすべて先生の言葉～編集部注

「和可《わか》ちゃん、今日の心をいつまでも続けてください。学校を卒業してからも、日記を書いた人と書かない人では、大きな差ができるのですよ」

十月二十日　金

今日は何か体がだるくて、日記を書くのが嫌だったが、今日読んでいただいたDさんの日記を思い出すと、本当にえらいと思った。私は一度必ず毎日書くと心に誓ったのだから、先生と約束したことになる。

Rさんや Dさんの日記を聞くと、私がこの二人くらいになるま

では、なかなかだと思うが、一日も早く二人のようになるには、一日もかかさず書くこと、それは意志を強く持つことだと思うが、なかなかむずかしい。

今日も大戦果が報道された。

「意志を強くもつ、という事は全く難しい事ですね。大戦果が報道されると嬉しくなりますが、その反対に陰には、我が方の幾多の犠牲を考えなければなりません」

十月二十一日　土

土曜日でお弁当を持って行かなかったので、当番がすんでからお腹が空いてたまらなかった。お昼はカボチャをゆでて代用食にした。夜、母さんが映画の招待券をもらって来たので、「肉弾挺身隊」を見て来た。

五人の決死隊が敵の飛行機を爆破しに行く勇ましさ、見ていてはらはらする程の兵隊さんの活躍、本当に良い映画だった。学校からも行く時には、もう一度見に行こう。

「先生もゆくつもりですが、このような人があって、初めて日本が勝つ事ができるのですものね。私達も負けぬよう懸命に努力しましょう」

十月二十二日　日
日曜日で中央学校の陸軍音楽隊の演奏を聞きに行くのだったが、

することがあり、行かれなかった。Aさんがさそいに来てくれたので、一緒に算数の勉強をした。

晩御飯を早くして、母さんが帰って来たらすぐ食べれるようにしておいた。

御飯をいただいてから栄町の伯母さんの所に行って来た。今日のストーブは燃えが悪かった。雪が降るようになったら、母さんが帰った時寒いだろう。母さんが働き始めた頃より、火を焚くのも、御飯やおかずを作るのも、上手になった。


「なかなか大変ですね、先生もすっかり頭が下りますよ。でも考えようによっては、これも一つの修養ですね、兄弟の多い先生は、大きくなって今頃苦労してます。それに比べると、わかちゃんのように小さい時に苦労をしておけば、大きくなったらきっと、楽をすると思います。
頑張ってください」

十月二十三日　月

学校から帰ってからすぐストーブを焚きつけ、御飯を炊いた。御飯が終ってから勉強をしたのでは、少ししかできないので、御飯を火にかけておいて、勉強をすることにした。

いつか御飯をかけて勉強をしてると、こげ臭い臭いがし、急いで見たら真黒だった。

昨日、配給の魚を煮るのだったが、カボチャをゆでてるうちにおそくなったので、御飯を食べる支度をして、母さんが帰って来るまで勉強した。御飯をいただいてから習字の練習をした。

「毎日三十分ずつでもよいから練習すると、随分違うのですね。これも一年二年経つうちに、練習してる人に負けてしまうのです。

特に字は大切で、一日に書かない日はないと言ってるくらいです。だからなおの事練習してください。母様と二人の生活、考えようによっては又楽しいと思いませんか」

十月二十四日　火

今日は待避訓練があったので、七時半までにいつもより一時間早く学校へ行った。

先生のお話によると、今日の訓練はあまり成績は良くなかったそうだ。残念だった。

今日の国語の書き取り考査は、自分では上手に書けなかったと思ったが、貼られたので嬉しかった。家に帰ると、ストーブに火が残っていたので、焚きつけないで真中をつっついたら、燃えて来た。

勉強をしているうちに、火が変になって来たので、薪を少し入れて御飯をかけた。

薪に火がついたのか、すごい勢いで燃え始めた。帰るのがおそかったので、おかずは作れなかった。明日の家事を楽しみに。

「どんな御馳走をつくるのか、よい勉強になりますね、近頃のわかちゃんは、非常に努力して成績も向上し、心も立派になってきたのが目に見えてきましたよ」

十月二十五日　水

今日日記を出した。批評が早く見たい。

家事の実習は、私達の一の台が何でも一番だったので嬉しかった。ただ、流しの整頓が悪かったので今度こそ何から何まで一番になるようにしたい。上手にできたのも皆が心を合わせて、一生懸命に働いたからだ。

何だか今日は、実習がよくできたせいか、本当に嬉しい日だ。愉快な日だ。

「先生も嬉しく思いましたよ、この間の名誉回復ですからね。愉快な毎日をつづけるという事はなかなか難しいことですね。一の台の人達は素晴らしかったですね。始めからの意気込みが違ったようでした。今度も頑張ってください」

十月二十六日　木

今日は日記を返して貰えると、楽しみに学校に行ったが、そのうちに忘れてしまった。

家に帰ってから思い出したが、先生もお仕事が忙しいのだ。

御飯の支度をしてから、勉強をしてると母さんが帰って来た。

「明日すぐ食べれるようにしておいたら『小太刀を使う女』を見に行くよ」と言ったので、嬉しくて明日が楽しみ。

「母さんもなかなか大変ですね。お忙しいのでしょう。わかちゃんも、あまり無理をせぬようにね。

近頃ようやく丈夫になってきたのですから」

十月二十七日　金

今日は大変悪い事をした。反省する。

材木運びに行きたい人と先生が言った時、私は前に出た。けれども先生に「抜けなさい」と言われた。その時私は、（Kさんが行くなら私だって行ける）と思った。

残った人達は教室、職員室のお掃除をする事になった。私もTちゃんも不満だった。今日は学校に居るうち、面白くなかった。

家に帰ってよくよく考えてみて（先生は私が母さんと二人きり

で、体の事を考えて心配してくれたのではないかな）と、学校ですぐ気がつかなかった事が情なくなった。

「少しの我慢をすることができなくて大事に至っては、後から何を悔んでも仕方がない事。材木運びも大切ですが体を悪くしてまで運ばなくてもよいと考えたのです。二人ともまだまだ丈夫になったら、人の二倍分でも働いていただきます。今の間は我慢して、専ら健康にはげんでくださいね」

十月二十八日　土

今朝先生のお話を聞いていると、涙が出てしようがなかった。二時間目に、高等一年の国語を勉強するのだったが、本が無かったので、黒板に書いてある「梅花の気品」をお勉強した。家へ帰って御飯の支度をしてから、慰問の絵を書いた。私の目で見たら、上手に書けたと思った。Nさん達はきっと、立派な絵を描いて来るだろう。

御製

広き世に　立つべき人は　数ならぬ
　ことに心を　くだかざらなん

「わかちゃんのもなかなか立派でしたよ。わかちゃんの心は、先生よく解りますよ。気にせずに健康へと――」

十月二十九日　日

今日町内の防空演習があった。

一日を振り返ってみて、何事もなく過ごし、面白い気持ちで暮らしたと思うが、よく考えてみて、もう少し上手に暮らせたのではないか、とも思う。Uさんは二時間でも、一時間でも、二十分でも、一分でも大切だと言ってるのに、一日をただ面白いだけで過ごしていては、一生懸命働いている人に済まない。

「でもね、そんなに一分の時間の無駄もなく、過ごせるようになったら、人間の修養なんか、いらなくなるのですよ、心に悔いる事なく、楽しく過ごせたと思うだけでも、難しいのですよ」

十月三十日　月

今日は教育勅語をお下しになった日で、公園でかけ足訓練があった。

今日くらいの速さなら、まだまだ走れそうだ。大変愉快だった。

教室に来てから、話をした人は表に名前を書く事になっていたので、見たら私の名前もつけられてあった。

この間、列長さん達は、一度注意しても又話をした人をつけると言っていた。

私は一度も注意されないのに、名前が書かれてたので、面白くなかったが、怒る気にはならなかった。

「列長さんに、そのわけを聞いてみるといいのに。やはりなっとくがゆかぬのに、つけられていると、気になるものですから。
でもわかちゃんは、心美しく、立派ですよ」

十月三十一日　火

この頃は私と仲の良いお友達に負けると、負けずぎらいの心が持ち上り、一番Tちゃんに、次はKさんに負けた時は悔しいと思う。今度は勝とう、と心に誓う。

明日は考査があるようだと思って、勉強して行った時に、理科のように五十点と悪い点を取ったり、国語のように勉強をしてゆかなくても百点とったり、勉強にむらがあったらTちゃんに勝つことはできない。

うらやむよりも、努力しようと思うようになった。これも先生がちょっとした時に、よくお話をしてくださったからだと思う。
そして私が、お話をよく聞いていたからではないかとも思った。

「そうですよ、近頃のわかちゃんは、級の模範といってもいい程です。とても真剣にきいてくれるので、先生も張りあいがありますよ。不得意なのは、得意のよりも二倍も三倍も努力しなければならないのですよ。
理科の勉強は、いつか役に立つ時があります、心を落とさず頑張りましょう」

十一月一日　水

今晩はとても楽しかった。

御飯を食べ終って少し休んでる間、母は婦人部で層雲峡へ行った時の事、私は層雲峡に六年生の時、高等科で十勝岳へ行った時の景色や面白かった事を話し合った。

その時、十勝岳は、まだ活火山だと思ったので、「いつ爆発するかわからないのに、よく住んで居るね」と言うと、「そんな事考えたら、住む所がなくなるよ」と言われた。

そうね、地球がいつ爆発するか等、いつも気にしてたら、住む人は居なくなるよね。

「本当ですね、「住めば都」と昔からいわれているように、どんな所でも長い間住んで居ると、自分にとっては、都のような一番よ

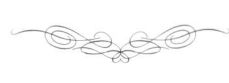

い所なのです。職業でも、学校でも、落ちつけば、そこが一番よいと考えるものです。よい事を勉強しました」

十一月二日　木

星野の叔母（母さんの妹）が来て、話をしてるのを聞いていると、この頃の話が以前と違うのがわかった。前は面白い事を話して笑っていたのに、戦争の事等が多くなった。

私は、やっぱり変わるものだと思った。

近所の子供の遊びを見ても、男の子も皆らんぼうな遊びをしないで、女の子と一緒に縄跳び、ゴムとび、かくれんぼ等をして遊んでいる。

「わかちゃんは小さい所にもよく気がついて、勉強してますね。先生も感心しますよ。

何事でもこのようにして、考えたり見たり聞いたりしてると、どんどん向上してゆきますね」

十一月三日　金　明治節

朝会は明治節の儀式があった。

式の後、先生から、神風特別攻撃隊や、豊田長官のお話を聞いた。

家へ帰ってから、攻撃隊の人の心になって見た。今死にに行く心を考えると、死というのが不思議でならなかった。

死んだらどこへ行くのかと、考えさせられた。何をしに行くのかわからなくなる。

「そう、わかちゃん、この事は先生のように大きくなってからも、色々と考えるのですが、結局解らない未知の世界でしょう。だから、落ちついて毎日が生活できるように、死の世界を考えたいと思いますね」

十一月四日　土

今日日記を出さなかった。書くだけでなく、出すことも忘れてはいけない。

これからも気をつけなければならない。

授業中、先生のお話を聞いて、家に帰ってから帳面に書こうと熱心に聞いていたのに、書こうとすると、なかなか思い出せない。
聞く力がまだ、足りないのだろう。

「その時々、チョットひかえておいたらどうですか。聞きながら書いてるのと、いたずらに書いてるのとでは違うから、解ります。わかちゃんなら、いたずらをしなさい、と言っても、しないと思います」

十一月五日　日

用事があって、星野の叔母の家に行って来た。お昼近かったので帰ろうとしたが、「遊んで行きなさい」と言われ、三時頃まで遊んで来た。家へ来てから、もう少し早く帰り、勉強すればよかったと思った。

これからもあることだから、気をつけよう。

「遊ぶことも修養の一つと考えますよ、勉強ばかりしても、疲れてしまうから、一切を忘れたただ愉快に遊ぶ事も、体にも精神の上から大切なのですよ」

十一月六日　月

度々上る戦果を聞き、私も男に生まれて来ればよかったと、時々思う事がある。

男なら少年飛行兵を受けて、無事に受かっていたら、大空をかけめぐって居る様子が目に見えるようだ。

けれども銃後に残る者がなければ、戦争に勝てない。女でも国につくす道はたくさんある事を忘れてはならない。

「しなければならぬ事、守らねばならぬ事は、山のようにありますね、一つ一つをやりぬく事が、国につくす道にもなります。戦果におぼれる事なく、懸命に毎日の業務に励みましょう」

十一月七日　火

今日、日直だった。今朝の「お早うございます」の挨拶は私の番だったが、Sさんが休んで居てしばらくしてなかったので、Sさんがした。後で、「Sさんは出て来たばかりだから私がして上げればよかった」と思った。これから後で悔いる事のないように、気をつけなければならない。

「日直をするのは責任が重いので、少し大変でしょうが、誇りを持って立派にやってみましょう。この『お早う』の挨拶も後で、とってもよい勉強になると思いますよ。

『Sさんと変わってあげるとよかった』という心は美しく浄いですね」

十一月八日　水　大詔奉戴日

今日の大詔奉戴日に際して。

「玉砕につぐ全員戦死、マリヤナに死闘は続く、今こそ一億生死の秋。

総蹶起の火蓋は切られた、国土は皆戦線だ。空襲は刻々と近づく、さあ頑張りぬけ」

の言葉を忘れずに、我が日本国土を守り抜こうと決心した。

「一切の事が、国家を第一として生まれてくるのですね。そこに初めて勝利も得られると考えます、玉砕勇士を犬死させてはいけないという事も、考えなければならぬことですね。

お互いに、いよいよ頑張ってゆきましょう。小さな事に負けず、大きな心になって……」

十一月九日　木

日記を書いている時、母さんの昔お世話になったおばさんが来た。話を聞いていると、和歌や、俳句の話をしていた。聞いているうちに、歌や、俳句を作るのは、大変よいものだと思った。歌を作るのはむずかしい。私が慰問の手紙を出して居た兵隊さんが訪ねて来た。兵隊さんは歴史が好きのようだった。いろいろ聞かせて貰った。

「俳句は、心の浄い澄んだ時によい句が生まれるのですね。ですから俳句をつくる人は、立派なのですね、何か機会あるごとにつくるようにしましょう。今の内ならどんどん上手になると思いますよ、歌（自由詩）から始めるといいです」

十一月十日　金

今日は私達に悪い所があって、先生に叱られ、先生は職員室へ行ってしまった。

先生が居なくなると、急にさわがしくなり、げらげら笑う人や、ストーブのふたを叩く人、ストーブに火がある事まで班長のせいにする人。私はだまって見て居たが、私は先生の怒ったわけがわかってきた。

私達みんなが、自分勝手な考えで行動しないことだと思う。

「その時に、よく考える人と、浅く考える人で色々あるわけですが、正しく進みたいですね」

十一月十一日　土

扁桃腺がはれて武道の時、気合の声が出なかった。今日大変先生にほめられた。

けれども油断せずに頑張って、四人のお友達に勝たなければならない。

みんなも頑張っているだろう。

どんぐりの背くらべだから、ちょっとのすきに負けないよう、気を入れてやるつもり。

「その心が大切ですね、頑張る事ですね。

でも人間はいつもいつも張り切っていては、つづきませんよ、緊張と緩みを上手に取りあわせてやりましょう」

十一月十二日　日

午前はTちゃんと習字を練習した。

なかなか落ちついて書けなかった。

早く二級になりたいが、なかなか上らない。

Tちゃん、Kさんは上手なので、もっと練習をして、上手になりたい。

三時頃、お米を買いに行く。

家は七の日だが、私か母さんが休みの時でないと駄目なので、今日は二の日だが買いに行って来た。お米屋さんが親切なので、いつ行ってもくれるが、なるべく七の日に学校から帰ったら行くようにしている。

「なかなか大変ですね、でもこれも一つの立派な勉強ですね。何をするにも勉強だという事を忘れずする事が大切です」

十一月十三日　月

明日習字があるので、御飯後練習した。日曜日に書いた時より、落ちついて書けた。すらすらと書けた時程気持ちのよい時はない。何事をするにも、落ち着いてすることが大切な事がわかった。

「わかちゃん、よい事を勉強しました。本当にそうですね。落ちついてかけるようになった時、初めて習字をする楽しさも理解できるのです。本当はそこまでゆくには、相当の練習が必要なのですね」

十一月十四日　火

今日お裁縫の時間に褄《つま》をしてしまったので、安心した。みんなと一緒に仕上げなければ列の人に済まない。三列はいつも遅いので今までの取り返しをしなければならない。

いつも遅くなる人は、みんなに済まないと思わないのだろうか。みんなと合わせる事を考えず、自分勝手にする人は、自由主義な考えを持ってる人ではないかと思う。

「責任感も足りなく、他人の事等は考えない、自由主義的考えなのですね。
私達も知らぬうちに、他人に迷惑をかけてる事があると思います。充分に気をつけましょう」

十一月十五日　水

朝礼に並ぶ時に後ろの方で、三人程嫌なことをする人が居る。二回目の笛が鳴って私が自分の場所に行くと、入る場所がない。無理に入ると、そろそろと下がる。
後ろの方にも居るらしく、並ぶのが遅くなる。悪い心でやってるのでないだろうが、もう少し気を付けて欲しい。

「いたずら心で、チョットいじわるをしてみたいのかも知れませんね。反省会に言ってもかまいませんよ。反省すると思いますから」

十一月十六日　木

今日は音楽の考査があった。音楽が始まる時、ピアノが鳴った時、私は大きな声で笑った。先生は「やり直し」とおっしゃった。私は笑った事が恥ずかしくなった。考査はよくできたと思った。優だったので、嬉しかった。昨日練習して良かった。

「前から『やろう』という気さえ持って授業に臨んでいたら、考査だからといって何も慌てることはないですね」

十一月十七日　金

お裁縫の時間に、着物をたたんでいる時、KさんやEちゃんが手伝ってくれた。

次はKさんの着物をEちゃんが手伝って居た。私は自分のなおすところがあったので、手伝ってあげられなかった。

少しくらい後にして、Kさんに手伝ってあげれば良かったと思う。

「何事も、この気持ちですると、世の中に厭だと思うことがなくなるのですが、なかなか皆がつましい他人の心になってくれることは、少ないのですね」

十一月十八日　土

今日は土曜日で、列長達が列長会議をしていた。すっかり終わらないのに、二列の列長は帰ってしまった。列長さん達が帰ってからストーブ台を見ると、使ったチョークを置きっぱなしにしてある。Tさんが片付けて居た。ストーブには落書きがしてある、私とAさんと雑巾で消した。列長さん達は会議の後、少しきれいにして帰ったらよいと思った。

「本当ですね、Tさんに言って皆に注意するといいですよ、Sさんにでもいいし。

教室は、いつもいつも美しくあるようにしたいですね」

十一月十九日　日

今日は日曜だが勉強があった。初等学年がいないので、思う存分遊べた。

朝礼から教室に戻る時に、前の人と足が合わなくてぶつかる時がある。音楽に合わせると足も揃って良いと思う。

今度習う習字を練習した。なかなか落ちついて書けた。

「とても上達しましたよ、仮名の美しいのびのびとした線がだいぶできてきたのです。

たゆまず努力してください。

足を合わせるということは、心を合わせるということですね。でもボンヤリしてる人がいると、もう合いません。教練の時に歩調とれの練習をする意味もわかりますね」

十一月二十日　月

先生に聞いたお話を、家に帰ってから、全部母さんに話した。
子供の進む道をとめるのは、誰かというと母であるというと、母さんもだまって聞いて居た。
この頃は国史で勉強した事等も、御飯をいただいてから必ず母に話している。

御飯を食べながら菊の花を見て、俳句ができた。

一輪の　菊にもゆかしい　香あり

「素晴しい俳句ができましたね。いかにも香が、ほのかに散ってるようです。

お母さんなんとおっしゃいましたか。

学校であったことを報告することは、よいことですね。母様の御意見も合わせ考えると、立派なわかちゃんの考えができるのですね」

十一月二十一日　火

今日、券を貰ったので、明日AさんとKさんと「見に行こうね」と言ったが、明日は少国民の時間にお話があるのも聞きたい。

約束したたし、どうして良いかわからない。

これからは、後の事を考えて言わなければと思った。いつも母さんに言われてる事だ。

「母様にあげるとよかったのに。言わなくて損をしたと思うより、言って困ることの方が、私達の生活には多いのですね。

よいことを勉強しました」

十一月二十二日　水

学校から帰ってすぐ御飯の支度をして、一人で先に食べ、Aさん、Kさんと見に行って来た。始めにお話があった。

「この日本を守るのは、あなた達少国民です」というお話でわかりやすく、Aさんも「こういうお話ならいつまで聞いてもいいね」

と言った。私も良い話だと思った。

いいお話を聞いたけれど、ラヂオの話も聞きたかった。

「でもよいお話を聞いてきたのならいいでしょ。遊んでしまったのでないのですから。

今日聞いてきたお話を、いつか話してもらいますよ。反省会の時か、昼休みかにね。用意をしておいてください」

十一月二十三日　木
今日はにいなめ祭で、学校はお休みだった。一日不平なく、面白く過ごしたが、勉強は少ししかしなかった。兵隊さんが外出して居た。近所の兵隊さんに、眼鏡のふちを取りかえて来てと頼まれたので、眼鏡屋へ行って来た。眼鏡を直しにくる兵隊さんが大分いた。本当に日本人は近眼が多いと、つくづく思った。これは大いに気をつけなければ、と心配になって来た。

Bさんの所へお見舞に行って来た。

「わかちゃんは大丈夫ですか。体の丈夫でない人がなりやすいそうですから」

十一月二十四日　金

お裁縫の時間、今日はどうしても、褄《つま》をしてしまうつもりで、夢中になってやったのででき上った。先生に見て貰ったら、「いいです」と言われたので安心した。

これからも皆と同じに進んで行こう。

「裁縫だけに限らず、何事でもそのように心掛けましょう」

十一月二十五日　土

この頃学校から帰って来ると、ストーブの火が赤く残っているので、灰を落して炭を少しずつ入れると燃えてくる。マッチや木を使わずにできるようになった。

ちょっと考えれば節約できて、つもりつもって国のためになると思った。工夫は大切だ。

「そうですか。わかちゃんはどうしたら一番経済的で能率的にできるか考えてるのですね。組の中には、火さえ燃やせない人が一杯おりますよ。大きくなってから随分お役にたちますよ」

十一月二十六日　日

日曜なので、お昼前に掃除をすまし、台所をかたづけて、家の用事をしてしまい、習字の練習をした。四時半頃魚の配給があったが、並んでいる間御飯をかけて行ったので、心配で立っていても落ち着かなかった。帰って来たら御飯はこげていた。

けれど自分の作ったものは、こげでもなかなかおいしかった。

「わかちゃんなかなか大変ですね。全部一人でするのですね。配給とりにゆくときに、家をあけてゆくのでしょうが、火の始末等もよくしてゆきましょう」

十一月二十七日　月

今朝一時間目に、校長先生から東京へ行って来たお話を聞いた。家に帰ってから、御飯の時に母さんにその話をして、「私も働きたい、産業戦士になりたい」と言った。

母さんは、「わかが丈夫ならどこへでも行って、産業戦士にでも何でもなっていいけど」と言った。私はどうしたらよいのかわからなくなった。

「わかちゃんのゆく道は女学校へ入るのではなかったの。先生は、わかちゃんが女学校へ入るのが、一番よいと思いますよ。でももっと丈夫にならなければだめですよ。

先生も心配で、東京の方へは、放せないです」

十一月二十八日　火

防空壕が大分できた。防空壕を早く作らなければならないが、粗末に作って空襲された時つぶれては、お友達を死なす事になる。アメリカのヒョロヒョロ弾等当たっても、つぶれない立派なのを、腕をふるって作り上げよう。防空壕は私達の命の親だ。

「後々までお役に立つのをこしらえたいものですね。しかしなかなか難しいものだということが、わかりましたね。米英は油断ならない敵です、全力をあげて、つくりたいと思います」

十一月二十九日　水

御飯の時思いついた歌。

杉の木に　負けずにのびる　日本の子

今日一班から四班の人と交替で、五班から八班までが教室の床こすりに行った。

後ろの方をこすって居た私他七人は、一生懸命こすっていたが、前をこすっていた人達は大きな声で笑ったり話したり、あまり磨いていなかった。そこへYさんが来て、「後ろは随分光ったよ、あんた達ももっとこすりなさい」と注意したら、「私達だってこすってるでしょ」と言いかえした。
人に注意された時に文句を言って、反省会の決定を発表しても、列長さんが守らなければ、何もならないと思う。

「それは気をつけねばなりませんね。級長、列長、というのは実践家でなければいけませんね（素直で自然にできましたね）」

十二月一日　金

八紘隊神鷲学徒《はっこうたいかみわしがくと》への言葉、という所を今日の新聞で見た。

田中中尉

「何も言うべきことはない。ただ自分のしたいことを決行するのだから、自分としてこれ以上の満足はない。立派な飛行機で敵艦をやっつけられる自分は満足だ。銃後の人達には感謝している」

細谷少尉

「自分達の後輩である学徒達が、生産工場で熱汗を流し、誠をこめて造り上げたこの飛行機に乗って今、自分は敵艦目がけて体当たりを敢行して死ねるのは、実《じつ》に幸福な身分だと思っています。

工場で働く学徒達の熱誠を、レイテ湾上で思いきり炸裂させなくては、申し訳ありません」

また、他の八紘隊の人の語ったのを読んだ。特別隊の人達のやったことが無駄にならないように、私達も頑張らなければならない。

「毎日を心身共に修養すること、私達の生活をふりかえった時、まだまだ力の足りぬ事を痛感しますね」

十二月二日　土

この頃は、晩御飯をいただいたらすぐ眠くなり、勉強をしない日が毎日のようになって来た。家で勉強をして行かない日は、学校へ行っても勉強が身に入らない。

先生が言ってるように、努力次第でできるようになるのだということが本当だと思った。ちょっと怠けるとおくれるのと同じように、ちょっとのゆるみに敵は襲って来るのだ。
「帝都空襲の話を聞いても、油断している所、時、をねらって敵はやってくるようであると言われてますね。天の試練なのです。私達が怠けると、必ず戦況は不利になりますね。必勝の信念で頑張りましょう」

十二月三日　日

今日は午前授業だが、「かくて神風は吹く」を見に行って勉強はなかった。
文化映画では、将校の手記というのを見たが、大変良い映画だった。

私は何か兵隊さんの映画を見ると、胸がすきっとする。学校へ帰ってからあまりにお腹が空いたので、Aさん、Kさんと三人で御飯を食べた。お弁当をしまう時に、Kさんの弁当のふたを私の弁当にかぶせ、何か変だと思った。これからもあることだから、このそそっかしいのは気をつけなければね。

「小さな事にも気がついて、それをしっかりと自己の修養として身につけてゆくのは、非常に大切ですね」

十二月四日　月

北支から帰って来た兵隊さんに、お話を聞いた。目的地まで夜行軍する時は、眠くて眠りながら足を動かし、そしていざとゆう時すぐほどけるように、バンドに紐を通してつながって歩くのです。ある時、夜行軍している時、前の兵隊とぶつかったので、びっくりして前を見ると、先頭の隊長が岩によりかかって眠ったま、その場所で足ぶみをしていた。又ある時は、橋が無くて渡れない時、工兵は零下四十六度の寒中に、はだかで川に入り橋をつくり、兵隊がみんな渡ってしまうまで水に入っているのだ、というのを聞いて、私達はまだ暖い方に住んでるのだと、兵隊さんに感謝しなければと思う。

「よいお話を聞きましたね。戦地の話は、どんな話でも私達の身にとっては、有益な心にしみるお話ばかりですね。

その感激を一日くらいでなくなることなく、しっかりと毎日の行いにも表してゆくことが大切なのですね」

十二月五日　火

今日、「日の出」の附録「熱河長城血戦録」という本が出て来た。大変良く兵隊さんの苦労がよさそうな本だったので、読んで見た。航空隊と地上部隊が一致して敵に体当たりしなければ、航空部隊が空中で戦いながら、食糧、弾を運び地上部隊に届け、二つの力を合わせて初めて勝つ事ができるのだと思った。

「海空陸一体となった戦争でなければならぬ、今の戦いでこの事が痛切にわかりましたね。飛行機の増産が叫ばれてるのも、そこでしょう」

十二月七日　木

Mさんから報道帳を貰ったのに、書くのを忘れ机の上に置いたままになっている。

六時の少国民の時間の頃は、御飯の支度で、ごそごそしてるのですぐ忘れてしまう。

今日こそ書こうと思ってるうちに、時間が過ぎている。責任感が弱いから忘れるのだろう。

「料理の方と耳の方と、両方を働かせてするわけには、ゆきませんか。Tちゃんに頼んでも、いいでしょう。しっかり廻してくださいね」

十二月八日　金　大東亜戦争四年目

無念の涙をのんで、自立自営のため米英と戦争してから、今日で満三年を迎えた。

宣戦の詔書がくだされてから、ハワイ真珠湾に突入した九勇士の事、軍艦行進曲が入って、「我が陸海軍は、本八日未明西太平洋に於いて、米英と戦闘状態に入れり」という報道官の声等、勇ましい行進曲がラヂオから聞こえて来たこと、いろいろ頭に浮んで来る。米英を粉にして吹き飛ばすまで戦う。

「日本もどんなことがあっても、勝たねばなりませんね」

十二月九日　土　師団合同慰霊祭

今日は学校で、合同慰霊祭があった。

私とTちゃんとSさんの三人は神官の接待係になった。兵隊さんが式場に入ってゆくので、学校から借りた茶わんを片付けて持って行こうとすると、神主さんの一人が茶わんを使って、笙《しょう》の一部分を外して吹いては洗いしてたので、終るのを待って、五つそろえて洗って返して来た。

教室に戻ったら誰も居なかった。

「もう始まるのに出て行ったら悪いのでない」と言うので教室に居たが、心配で、立ったり坐ったり歩いたり、落ち着かなかった。

ストーブに石炭を入れては「あんた達ばかり暖い所に居て」と言われるよ、と炭を入れるのを止めたり、又「残って居たのなら燃やして置いてくれればいいのに」と言われるかも等と色々考えて、今日のように困った事はなかった。後で先生に謝ったので、気持ちが少しらくになった。

式の間、窓から中庭を見た時、ラッパ隊の兵隊さんは外に立ちどおし、雪も降るし凍れもきついし、足が冷たいのか静かに足ふみを始めた。涙が出そうになった。

「日本の兵隊さんの偉いのには、全く感心すると同時に、私達もやらねばならぬという心で一杯になりますね。

教室に残って居たのは正しいことではありませんが、その時の心掛け次第で、罪は二倍、三倍ともなり、半分、1／3と減ることもあるわけで、要はその人の心掛けが大切なのですよ」

十二月十日　日　市立高女音楽会

今日、市立女学校の音楽会に行って来た。

合唱で一番良かったと思うのは、一部四年の、「ふるさとの夢」だった。声の出しかたが美しかった。

一部三年の、「ほろほろと」も上手で、私は好きな曲だった。声がきれいだった。

十二月十一日　月

講談等で、特別攻撃隊の話を聞いた。

私はそれを聞いて、大変感心した。

明日は敵に体当たりをし、国に捧げる命なのに、自分の身につけていた下着を友に残すのに、川で洗い、自分が基地を飛立つ時も、川できれいに洗ったシャツを身につけて行った、というのです。

私達も常に服装に気を付けようと思った。

「死んでゆく時、突込んでゆく時の顔を想像すると胸が一杯になりますね」

十二月十二日　火

少し前から母さんが、あかぎれがひどくて、会社を休んでいるので、学校から帰るとストーブがもえていて暖いし、家事もしないで御飯が食べられ、ゆっくり勉強ができる私は、母の有難さをつくづく感じた。

「お母さん大変ですね、先生は、あかぎれの苦労はないので助りますが、大切にしてあげてくださいね。母の有難さを感じたとの事、母さんがいらっしゃらなくて、始めて母の有難さを知るのですが、本当に有難いことです」

十二月十三日　水

今日は日番だったので、早く家を出た。

太陽燈の火をつけなければならないので、焚付《たきつけ》を入れて、火を貰いに行ったが、小使さんは、「後でなければ火が足りない」と言ったので、一時間目は焚けなかった。

授業で先生に大変良い話を聞いた。

休み時間ごとにTちゃんと行って見たが、燃えが悪くて一つしか燃やせなかった。

Wさんと H さんは、教室であたってばかり居て一度も見に行かなかった。Hさんは列長さんだから、もっとしっかりして欲しいと思った。


「積極的に物事をやるようにならなければ、現在の時局はのりきることができませんね。

進んでやることが大切。Hさんに、その時注意をしてあげるといいのに」

十二月十四日　木

今日新聞を見たら、「餅を食ってからこい」と言う言葉が目についたので読んでみた。特別攻撃隊員の行く人に、送る人の話だった。送る人が、「俺もすぐ後から行くぞ」と言うと、「お前達はゆっくり餅を食ってから来い」「いや俺もすぐ行く」と言った話を読んで、今死に行く人が、こんなにほがらかに話をして居る、こんな心で居られる事に、つくづく感じた。

十二月十五日　金

「私達も一時間でもよいから、このような心のゆとりのある人になりたいですね。ひとえに修養によるのでしょう」

今日ニュース映画を見て来た。特攻隊で、今飛び発ってゆく隊長、遠藤隊長が二度三度手を振った。今生の別れにほほえみを浮かべて行くもの、送るもの、その様子には涙が出そうになった。私達は桃太郎のように最後まで、戦い抜かなければならない。

「驚く程ですね。神風の名のつくのも、当然かも知れませんね。一切の『我』をすて無の境地になり、ただいかに死ぬかを考える貴さに、頭が下りますすね」

十二月十六日　土

今日Kさんが休んだので、学校帰りに、Aさんと二人で、明日の時間割を教えに行った。その帰りに軌道会社の前を通った時、ななかまどの実に雪がのって、とてもきれいだったので歌をつくってみた。

赤い実に　わたぼしかむる　ななかまど

「わかちゃんのは、いつも素直で美しいですね」

十二月十七日　日

ラジオで陸軍特別攻撃隊護国隊の基地からの録音を聞いた。記者が隊長に、「銃後の人に何か言う事はありませんか」と聞くと、「別に何もありません、ただ銃後を信頼して行きます」と言った。この放送を聞いて、勇士の家族の人は、声を聞いて喜んだ事だろうと思うと同時に、他の攻撃隊で先に行った勇士の家族も、どんなに聞きたかったと思うと、皆に聞かせれば良いのにと思った。

「優しい心で嬉しく思いますが、死にゆく隊士は父母という未練は全くないと思います。手紙を残し充分満足して、国の命ずるがまま飛び発ったでしょう」

十二月十八日　月

だんだん二学期も終わりになって来た。

私はこの頃笑いたくて、ちょっとの事で笑ってしまうので、気をつけなければならない。

人とすれ違う時に、思い出し笑い等して、知らぬ人に不快な思いをさせる事もあるかも知れない。だから常々気を付けなければならないと思って居る。

「笑うことは大切なのですよ。昔から〃笑う門には福来たる〃と言われてるくらいですし、ことに戦争で皆の心が殺ばつとなってきてます。

ですから、よいことではあるのですね。

時と、場所と、程度が大切ですから、それを気をつけてください」

十二月十九日　火

今日は日直だったので、早く家を出た。

手紙を出すのに、牛乳会社の方に廻った。
歩きながら学校を見ると、朝もやに赤いお陽様の光で、大変きれいだったので、歌をつくった。

朝もやに　かすむ校庭の　美しく

「もう少し句調よくできそうですね」

日直ベルが鳴った時は、私一人だった。
少ししてUさんとYさんがあわてて来た。応接室に入ってから、Kさんが来た。
いつの日直にも、みんなが揃うようにしたい。

夜ラヂオで、薩英戦争という放送劇があった。その中に、〃勉強は自分のためにすると思うな、やがては国のためにするのだと思え〃という言葉があった。放送劇のちょっとした所にも、私達にためになる所があるのだからよく聞く事が大事だと思った。

「わかちゃん、とうとう一冊終わりましたね。嬉しいでしょう。一つの仕事を終らせたということは、色んな方面から考えて、立派なことですね。今度のも、しっかりと意志を強くもって、頑張ってくださいね」

明浄直

　これは、先生が私たちに、明るく、素直であるようにとの願いをこめて、級訓として教室に貼って下さった言葉です。

　先生の望まれるような、明るい、活発な級だったと思います。暗い時代でしたが、よい先生、よい友達に出会えて、学校へ行くのが楽しみでした。

第二部　当時の思い出

家族の思い出

昭和十六年十二月八日の真珠湾攻撃以前から、父は病床に臥《ふ》せっていました。当時の病といえば肺結核で、良薬はもちろんなし、療養といっても、栄養を取り、安静にしているだけでした。

そのうち、七才上の姉、次に五才上の姉が次々に病にかかり、母は三人の看病に明け暮れていました。

私は、母がくれた電車賃を持ち、三人分の水薬のビン三本と粉薬の袋三つを風呂敷に包んで、薬を貰いに行ったものです。病院の受付で、三人分のビン三本と薬の袋三つを出すと、看護婦さんが「えっ、三人分」と言ってびっくりしていました。当時は節約のため、ガラスの瓶はもちろん、紙の袋も破れるか汚くなるまで使ったものです。

昭和十七年四月二十日に父が亡くなり、葬儀のときは、どこからこんなに涙が出るのかと思うくらい泣いて、姉に「姉ちゃん、紙ちょうだい」と小声で言ったら、「姉ちゃんのもなくなったよ」と言われたのでした。

その姉たちも、上の姉が十二月十六日に、下の姉が翌十八年三月八日に亡くなりました。

姉の亡くなったときには涙も出ませんでした。

こうして、母と二人の生活がはじまったのです。

昭和十九年十月のある日、担任の先生から、一つの提案が出されました。

「今日から毎日日記をつけましょう。ノート一冊、最後まで続けること。毎日書いた後に、二センチか三センチ空けておいてください。そして二、三日に一度、朝、先生の机に出してください、帰りには返します」

こんなお話だったと思います。

こうして、私の場合は十月十九日から日記を書きはじめました。それが、第一部で紹介した日記です。

援農の思い出

昭和二十年四月には、女学校に入学しました。憧れの制服を着たものの、召集令状で働き手が軍に入隊して手の足りない農家を助けるため、援農に出ることになりました。農家に泊まり込みのグループと通いのグループがありましたが、私は通いのグループになり、毎日バスで、途中からは、ずっと奥の農家まで歩いて、歩いて、本当によく歩いたものです。

最初のお家の表札を見て、私たちは、「あら、変わった名字ね」と思わず言ってしまいました。

「『チヨ　フヨ』さんて読むのかしら」

などと言っていましたが、後で聞いてみたら「千代《センダイ》　フヨ」さんでした。

はじめて入る田んぼは、足の裏がヌルッとして気味が悪かったけれど、苗植えを一所懸命やりました。一枚が大きな田んぼは長いので、足腰が疲れてきて、だんだんお尻が下がってきます。

四人で並んで始めたのが、そのうち二人は早くて、先に畔《あぜ》について、

「早くおいでよう」

と呼びますが、足が疲れてきてなかなか動きません。

そのうち、

「わかちゃん、お尻から水が垂れてるよ」

と言われて、自分でも何か変な感じがしてはいましたが、どうやら足が疲れ、何回か腰が下がった時、ブルマに水田の水がついたようでした。

「気持ち悪い」と言った私に、先の二人は、苗を植えながら戻って来てくれました。

乳牛を飼っている家で草取りをしたときは、帰りに牛乳をおみ

やげにいただいて、とても嬉しかったことを思い出します。

援農は、田んぼの草取り、ひえ抜き、稲刈りと、一通り体験しました。ぬかる田の稲刈りは、ぬかった足を抜きながらの作業で、本当に苦労しました。


援農で一番の楽しみだったのは、お昼御飯です。まざり物のない真白い御飯と美味しい漬物が、最高の御馳走でした。

青空の下で田んぼに入り、まわりにポツポツと建っている農家を眺めている情景を今思い浮かべると、まったく戦時中とは思えなかった、あの時は平和だった、と思いたくなるほど、静かな日々でした。

終戦の日の思い出

八月十五日、終戦の日、私は電車に乗って学校から帰宅の途中でした。

乗って間もなく電車が止まり、乗客は皆降りて近くの住宅の玄関前に集まり、家の人が窓にラジオを出してくれて、そこで天皇陛下の終戦を伝える玉音放送を聞いたのです。

言葉ははっきり理解できませんでしたが、なんとなく戦争は終わったらしいことはわかりました。

翌日、学校へ行って、朝会で校長先生から、戦争終結に関する話を聞き、教室へ戻りました。

ぼんやりしていると、隣の教室から突然ヒステリックな声で、

「くやしいっ、ウワーン」

と叫び泣く一人の友の声が聞こえ、びっくりして隣の友と顔を見合わせました。が、この声でやっと戦争は終わったという気持ちになり、肩が軽くなったように覚えています。

肺結核のこと

昭和二十三年に女学校を卒業し、就職もして、やっと母に楽をさせられる、と思ったものです。

ところが、一年目はまあ無事に勤め、後の半年ほどは体調の悪いのを我慢して通勤していましたが、とうとう自分でも具合の悪

さを我慢しきれず、子供の頃から罹りつけの辻病院に足を向けました。でも、中へは入れずに帰って来てしまいました。

翌日、母に引っ張られて病院へ行き、やっと診察を受けました。先生のお名前は辻太郎先生。

「辻病院なのに、なぜ院長が桑島先生で太郎先生が副院長なの」と、母に聞いたことがあります。

母によると、太郎先生が軍医として戦地に派遣された時期があって、そのあいだ留守の病院を、大病院の院長をなさっていた桑島先生が、退職後ずっと続けてくださったからなのだそうです。

私は早速レントゲンを撮られましたが、太郎先生はすぐに、

「入院じゃ、入院じゃ」

と仰いました。二十四年の秋のことです。

体の力が抜けた気がしました。母も同じだったと思います。

その頃、肺結核の治療は、胸膜（だったと思う）に針をさして空気を送り、肺をちぢめて安静にさせるという、「気胸」という手当をしたのです。


昭和二十五年の夏頃か、はっきりしませんが、「結核に良い新薬が今にできるよ」という噂は患者の間で広まっていました。

ある日、先生が、

「マイシンが配給になったぞ。けどね、一病院で、結核患者四人に一人分なんだ」

と、どう使うか悩んでおられたようでした。

病院には、私を入れて四人の結核患者が入院していました。先生は、一人分のマイシンを、四分の一にわけて有効に使うことを考えられて、私の場合、両肺の上部の病巣に近く薬がまわるように治療をはじめてくれました。

喉のくぼみをまさぐり、気管に針を刺し、マイシンを注入。そのあと起きて、少しの間座り、気管支に流れた頃合を見て、今度はうつ伏せになり、お尻を高く持ち上げて、しばらく逆さになっているのです。夏の暑いときでしたから、汗だくになって逆さになりました。

粟粒《ぞくりゅう》結核でタンカで運ばれて来た急患の方も、四分の一の治療で随分と早く元気になり、私より先に退院していきました。

辻病院には一年ほどお世話になり、後は家庭療養で快復の努力をすることで退院することになりました。先生も見送ってくれました。

腹膜炎のこと

太郎先生は、度々往診に来てくださいました。ある時は「松茸を貰ったのでナ」とか「小田原からカマボコを送ってきた」などと言って、みやげ持参で往診に来てくださったのです。

ところが、少しずつ力もついて快復に向かっていたのに、第二の病気が芽を出してしまいました。お腹に水のたまる腹膜炎で、夜になってポンポンにお腹が張り、手で撫《な》でるとおへそが指にさわるほどで、上を向いているのも苦しく、横になると、水がざわざわと下がる音がします。

苦しかったのですが、母を起こしても良くなるわけでなし、疲れてぐっすり寝ているのでそのまま朝まで我慢しました。朝、母が先生に知らせると、すぐに来てくださいました。

肺の治療のときと同じように、マイシンをお腹に打ちました。お腹の水は、尿となって、出るわ出るわ（ちょっと恥ずかしいですが）、よくこんなにお腹にたまっていたものとびっくりしました。

お腹は一度にペシャンコ、本当に楽になり、食欲も出て、太郎先生には本当に助けられました。

でも、なかなか力がつきません。

そんな時、ご近所の奥様で宗教の熱心な信者さんが、栄養が大事だからと、白身の刺身とマカロニサラダを作ってきてくださいました。そして、

「弟が療養所に勤めているので、お世話してあげます。入所したらどうですか」

と、声をかけてくださったのです。付き添いも足りないので、お母さんも一緒にと、院長先生の言葉で、また親子で療養所に入所することになりました。

療養所の思い出　1

療養所の患者は、女性六人の同じくらいの年頃でしたから、割に楽しく、共通の話題もあり、自由時間にはレース編みを教えてもらったり、ラジオ小説を聞いたり、読書をしたりして過ごしました。

俳句の先生が入院したと聞き、同室の三人姉妹と一緒に教えていただき、一所懸命にやりました。

相撲のある場所は、星取り表をつけ、所内希望者が参加して、結構楽しんだものです。

当時、外科による肺葉切除が始まりかけた頃で、その療養所でも、社会復帰をあせって、切除した方が早いと新しくできた外科療養所に移った青年がいました。私などは手術できる人が羨ましく思ったこともありましたが、体力に自信がなかったので、あまり積極的には動きませんでした。

「元気になって帰って来るからね」

と出て行く人を、私達は、

「待ってるからね」

と見送ったものです。

手術が済んでから、同室にいた人が、

「見舞いに行って来るわ」

と言って出掛けたので、報告を聞くのを楽しみに待っていましたが、その報告は、

「あいつ、もう駄目だわ。術後から昨夜一晩中苦しんで、〝あんな医者が手術なんて、苦しい、苦しい、手術しなければ〟と悔やんで、見ていられない苦しみようだった」

というものでした。あんなに元気で出て行ったのにと、ため息が出ました。

なんでも、その青年の隣のベッドにいて、次に手術することになっていた若い人が、隣で彼が一晩中苦しんでいるのを見て恐ろ

しくなり、荷物をまとめて逃げ帰ったということです。

療養所の思い出　2

私の療養生活も、六年近くにもなると、いろいろな噂が流れ、療友と一緒に大笑いすることもあります。

ある日の夕方、食後の散歩に堤防を歩いていると、向こうの方で赤ちゃんを抱いた女性が、じっと私の方を見ているような気がしたのです。近づくと、小学生の頃の同級生でした。

「あら、やっぱりわかちゃん」

と言って、

「亡くなったと聞いていたので」

と、びっくりしたようすでした。私もびっくりして、

「あらそうでしたか」

くらいしか言葉が出ません。

また、母が外出から帰って来て、

「今日は、住んでいた町内の人に逢ってね」

その人が気の毒そうに、

「娘さん、亡くなったんですってね、可哀想に」

と言われたそうで、母は、

「いいえ、お蔭で良くなって退院も近いんですよ」

と言うと、びっくりしていたそうで、また皆で大笑いしました。

(私、何才で死んだことになってるのかしら)

また、別の日に母が用があって外出した時、知人に逢ったそう

で、

「わかちゃんは？」

と聞かれたので、

「まだ療養所にいます」

と言うと、

「もう後妻だね」

と言われたのだそうで、またみんなで大笑いしました。

一人が、

「おばさん、『もう彼氏がいるんですよ』って言ってやればよかったのに」

などと、しばらく部屋も賑やかなことでした。

退院後のこと

やがて六年近く過ごした療養所も、院長から退院の許可が下り、嬉しいはずが、家族のように暮らした三姉妹やその他の友との別れはとても淋しく、外に出て涙を流していました。

そして、その時私は大きな不安を抱えていました。長い間せまい社会にいたことで、健康な人達の住む広い社会へ出ることの不安が、すごく心にのしかかってきたのです。六年も落第したようなもので、自信が持てなかったのです。

が、支えてくれた男性がいたこともあって、三姉妹ともう一人の友人とはずっと親しい交際を続け、今は年賀状だけになりましたが、互いに無事を確かめあっています。

そして、長い年月、クラス会に出席できなかった私のことを忘れず、退院したことを知って、女学校時代の友人が、家に逢いに来てくれた時は本当に嬉しかったものです。

三姉妹の上のお姉さんと、逢いに来てくれた友の一人も亡くなりましたが、小学校高等科時代の友人、療養所時代、女学校時代の友人と、今でもたまにお電話や年賀状等で交際を楽しんでいます。

妊娠のこと

現在の場所に来たのは、昭和三十九年の秋に建売り住宅を買ったときです。東京では、オリンピックで日本中が湧き立っていました。

引っ越した翌日は、女子バレーの「東洋の魔女」とソ連チームが優勝をかけた試合の日で、電灯がまだついていなくて、真っ暗な部屋で夢中で応援しました。優勝が決まった瞬間、思わず夫と母と三人でバンザイをしてよろこびました。

翌々年の昭和四十一年に、子供ができました。

方角が良かったのか、まわりはまだ田んぼで空き地も多く、空気が良かったこともあるのでしょう。

近所に牛を飼っている農家があったので、乳を分けていただき、毎日飲んでいましたが、一年過ぎた頃、牛乳の臭いが鼻について きて、飲みたくなくなったので、わけを言い、止めることにしました。

お家の方は「赤ちゃんができたんでないの？」と言ってくださったのに、母は、「いえ、そんなことはありません」と、手を振って否定してきたというのです。

できないと決め込んでいたので、つい否定してしまったけれど、やはり妊娠でした。新鮮な牛乳を飲んで体力がついたのだと、牛に感謝。そして、「赤ちゃんができたんじゃないの？」と言ってくれた農家のおばあちゃんには、後で母が妊娠だったことを告げて、お礼を言ってきたそうです。

初産のこと

私は、どういうわけか、わざわざ頼んで診てもらったのではなく、ちょっと占いのする人に出会い、人相、姓名判断、手相等をみてもらうと、それぞれ一様に、「あんたは孤独の相がある」と言われます。

いつか一人きりになることがある、ということかと考える時もありましたが、人間誰しも、生まれる時も一人、死ぬ時も一人と考えると、孤独がそんなに特別な運命と思うこともないと考えたりします。けれども、生まれた時は一瞬母の体から離れても、すぐに抱き取ってくれる母の懐がある。そのとき、もう一人ではありません。

腹膜を患った人は子供はできない、と聞いていたので、結婚後七年も授かりませんでしたが、特別淋しいとも思わなかったのは、最初から諦めの気持ちがあったのでしょう。

よく「子供さんがないと淋しいでしょ？」とか、赤ちゃんの世話をしているお母さんが、「こんなの見たら、羨ましいでしょ？」と言われることもありましたが、あまり気になりませんでした。

（でもね、羨ましいでしょ、は失礼ですよね）

八年目に授かった時は、嬉しいのを通り越して、びっくりしました。

「八年目だから、旦那さんのためにも無事に生ませなきゃね」と、独身の内科の先生と産婦人科の先生二人で何かと相談に乗ってくださって、心強かった十ヶ月でした。

母にも孫が見せられました。家族が四人になり、テーブルの一辺が空いていたのが、ふさがりました。孤独という言葉ともさよならなら、やはり家族は多い方が良い、子供が一人できただけで、何人分も賑やかになった気がしました。

私が七十才の時、母は九十八才で旅立って逝きました。母は、四十四才で亡くなった父の分まで生きたのかも知れません。

頼りない娘で心細かったと思うけど、良く頑張ったね、母さん。

知人から聞いた話ですが、知り合いのおばあさんに、

「ばあちゃん、子がなくて淋しいだろ」

と声をかけたら、

「ない子に泣かんのじゃ」

と言ったそうです。その意味は、きっと、「子はあっても、子のために苦しんだり泣くような目にあうこともある。なければ泣かされることもない」ということだと思います。

授かったものは大切に。そして失いたくないけれど、授からな

かった人は失う心配もなし。このばあちゃんのような考えで、強く生きることも大切なのでしょう。

先生の思い出　1

小学校時代の先生のちょっとした思い出です。

受持ちの先生は二年ずつ変わります。一年生の時といえば、随分昔のことではありますが、教えていただいたのはちょっとしたことです。日常生活で大事なことです。

皆で七夕の飾りものを作っていた時です。

榎本先生から、

「鋏《ハサミ》を取ってちょうだい」

と言われ、鋏を持って「ハイ」と差し出した時、先生が、

「鋏を渡す時はネ、持ち手をかえて、相手の人ににぎり手を向けて渡すのですよ。先を向けては危ないですからね」

と教わりました。もう榎本先生は亡くなられました。

三年生になって、高瀬先生という、若くて一人娘さんの、チャメッ気のある先生がいました。小用は、休み時間にすましておくことは当然のことですが、授業中にどうしても行きたくなった時は、我慢をせず先生に申し出ること、「先生、御不浄に行って来ていいですか」と断ってから行きなさいと言われ、皆それを守りました。

高瀬先生はお元気のようすで、年賀状もいただいています。今年の賀状には、「年の割に元気だと思っています。あなたもお達者でね」と書いてあり、先生より達者で暮らさなくては恥ずかしい

と思いました。

五年生になった時、渡辺先生に変わりました。先生は、「皆さんは、言葉が丁寧ですね。御不浄と言うようには誰に教わりましたか」皆で、「前の高瀬先生です」と言うと、「いいことですね」と言われて、その後もそのまま実行しました。

渡辺先生は丸顔のやさしい先生で、目がくるくると丸くて、可愛い感じの先生でした。

私達が六年を終わると、学校をお辞めになり、結婚して満州へ行くと聞き、友達と三人で、お家《うち》へお別れに行ってきたのを覚えています。お産の後、体を悪くして亡くなられたと聞き、遠い国で亡くなったことは、先生も淋しい思いをなさっただろうと、私達もショックでした。

高等科一年から石原先生の受持ちになりました。石原先生は、家庭の事情の気の毒な人や、体の不自由な人に親切にするようにと教えてくださいました。高二になってから、足の悪い人が転校して来た時、

「皆さん、Uさんは足が不自由です。松葉杖をついています。優しくお世話してあげてください」

と紹介しました。

Uさんはとても器用な人で、お裁縫も手芸もとても上手で、自然、彼女のまわりに人が集まり、何かと教えてもらったものです。

石原先生もお元気のごようすで、いつも自分でお画《か》きになった絵を写されたハガキの賀状をいただき、楽しみにしています。

平成十八年の賀状には、教え子が亡くなったのを聞かれたのか、

「かなしいです、皆さんは、私より先に逝ってはいけませんよ」

と書かれてありました。

平成十九年の賀状は、ご自分で撮られた日の出の写真をいただき、本当に昔のまま、前向きに何でも取り組む先生ですから、毎年楽しみにしまってあります。

お逢いする日を楽しみに、と書いてくださって、何だか、私の方が弱っていたら大変ですから、頑張っています。

先生の思い出　2

当時、私の学校は小学三年生からは男女別クラスになり、当然男子クラスは男の先生が担任で、きびしい先生が多かったと思います。

先に、Tちゃんと逢った時のおしゃべりでも、自然とこの話が出ました。

「随分と恐い先生がいたわね。特にあの先生ね」

きびしくて、すぐ往復ビンタが飛ぶ、行進中は足元をじっと見ていて、足の揃わない生徒がいると、先生の足が前にすっと出る、生徒は躓《つまづ》いて転ぶ、すると、「ぼやぼやするな」と、大声が出てビンタが飛びます。

「ほかの先生で、ケガをさせた話も耳にしたこともあるけれど、父兄から苦情が出たり、問題になったことなどなかったわね。今は、父兄がちょっとのことでも文句を言いすぎよね。先生に問題がある場合もあるでしょうけども…。今は、親子で、兄弟で、仲の良い友達が、そして夫婦で、暴力、殺し、いじめなど、毎日のようにニュースで聞かされると、悲しいよね」

「これも仕方ないわね、戦後教育受けた人が代々先生となり、子供を教え、親となって子を育てているんだからねえ」

「うーん」

私達が一所懸命暗唱した教育勅語の中に、今も教えたら良いと思う言葉がいくつかあるのに、どうしてすべてが悪いとしてしまうのでしょうか。

そこで、二人で暗唱してみましたが、残念ながら全部は思い出せません。とくに大事なところが思い出せないのです。そこで、友人のNさんに調べていただき、次の六行を書きました。

・父母に孝《コウ》に
・兄弟《ケイテイ》に友に
・夫婦《フウフ》相和《アイワ》し
・朋友《ホウユウ》相信《アイシン》じ
・強健己れを持《ジ》し
・博愛衆《シュウ》に及ぼし

「あんなにすらすらと言葉で出てくるほど、数え切れないほど暗唱させられたのに、六十年以上も経つと忘れるわね」

今、この言葉を教育に使うとしたら、これを戦争につながる言葉だなどと騒ぐ人がいるでしょうか。二人の考えはこのようにまとまりました。

おやつの思い出

昔のことを思い出しているうちに、子供の時、とても嬉しいでき事があったことを思い出しました。

おやつなど口にすることもめずらしく、いつも台所へ行って煮干しを持って来てかじり、コンブをムシッてよく噛んで食べたものです。コンブは、噛めば噛むほど美味しいんですよ。

台所の壁に三段ばかりの棚があって、あまり物は乗っていなかったように思うのですが、一番上の棚にあまり大きくはない、白い菓子折の箱が一つありました。何か入っているか見たくなり、台の上に上って手を伸ばすと届いて、下ろすことができ、胸をドキドキさせて、蓋を取ると……入っていました！

それは、赤い箱に白い模様の、明治クリームキャラメルでした。腰が抜けるほどびっくりし、飛び上がるほどの嬉しさでした。

早速あけて見ると、びっしり粒が入っています。一粒つまみ、ゆっくり紙をむいて口へ入れた時、ミルクの香りと甘さの何とも言えぬなつかしい味が……いえ、何か違う、それは口に入れるとサクサクと溶けてしまったのです。

母もびっくりして、

「こんな所にキャラメルが……。いつからあったのか、あまりに長いこと置いてあったので砂糖に還元したんだね」

という話になったのです。何はともあれ、私にとって素晴らしいおやつのプレゼントでした。

菓子折は空になったけれど、また棚に戻しておきました。だいぶ後のこと、あの箱を下ろしてのぞいて見たけれど、もうキャラメルはありませんでした。当たり前です。わかってはいても、ちょっと夢をみたかったのだと思います。

遊びの思い出

私が子供の頃は、よく道路で遊びました。四人集まれば「一歩、二歩」、六人くらい集まれば、「花いちもんめ」、または「追いかけっこ」、「かくれんぼ」、「なわとび」。

郵便やさん、走らんか、もうかれこれ十二時だ、一時、二時、三時、と歌いながら跳びます。誰かが縄に引っかかるまで、四時、五時と続け、引っかかったら持ち手の人と交代します。

ゴム跳び、石けり、外で遊ぶだけでもたくさんありました。

けれども今は、仲通りといっても車が通り、家の近くの道でも安心して遊べるところはないようですね。

二人以上いれば、車の心配せず、いろいろな遊びをすることができた頃はよかった。その点、私達の子供の頃は幸せだったと思います。

車の心配をすることなく、母親の「A子御飯よ」、「B子御飯」と呼ぶ声で、「じゃあ、もうやめよ、さいならあ」と別れて、夕方までたっぷり外で遊びました。

小学生の頃のまだ平和な日々……。無理な話ですが、その頃に戻れたらどんなによいか。無理、無理、もう七十六才ですよね。

子供のころの遊び、あれこれ

子供の時、家の中で遊んだ遊びを思い出すままに書いてみました。

あやとり

太目の毛糸を輪にして、片手の親指と小指にかけてする一人遊びと、両手にかけてする二人遊びとがあります。

お手玉

端巾《はぎれ》を親から貰い、タワラ形やひし形に縫い、中に小豆《あずき》を入れて、二個または三個で遊ぶもので、いろいろな遊び方があります。主に一人遊びですが、お互いに見せ合って楽しみます。

竹ワリ

二十センチくらいの長さで、竹幅二センチか三センチの間くらいのもの、六本で遊びます。

六本握ってほうり上げ、落ちて来るのを握る。一本でもはずしたらアウト。まとめて立てたのを、倒れぬうちに手首をねじってつかむ。または手首をねじらず、向こうに伸ばしてつかむ。二組に分けた竹を、両手を交差させてつかむなど。

おはじき1

たくさんのおはじきを握り、上にほうり上げ、落ちてくるのを手の甲にのせる。甲を返して手の平に取る。この時一個でも落としたらアウト。

おはじき2

おはじきを一列に並べる。一個のおはじきを、離れた所から、指ではじき飛ばす。当たったのは自分のもの。数多く取った方の勝ち。

着せ替え人形(紙)

人形から服、着物等、自分達で紙に書いて作ったもの。これを拵《こしら》えるのが楽しいのです。近所の友達の家に入ったり、自分の家に入れたりして、描いて色を塗り、切りぬく。この作る過程が楽しいのです。

夕焼けの思い出

美しくて忘れられない夕焼けの思い出です。
まだ十四才の頃、田舎に疎開をしていました。夕方、一人外に出て白壁にもたれ、夕空を眺め、陽が沈むにつれて刻々と空が赤くなってゆくのをしばらく見つめていました。

夕陽の沈むにつれて赤みが増し、ついに本当に真っ赤になり、まわりの田の青さと蛙の合唱と、赤く染まった夕景の中で、そこに自分がいることも忘れて立っていました。

あれほどの美しい夕焼けの風景は、今まで見たことがありません。六十年も過ぎた今でも、現在の家の二階から夕焼け空を眺めることがありますが、あのとき蛙の合唱の中で見た夕焼けは、私の目に残る、私にとっては日本一といいたい光景でした。

第三部　身辺雑記

同窓生との再会

久し振りに今年の賀状をとり出してみて、忘れていたことを思い出しました。

仲の良かったTちゃんと、Aさんのハガキに気が付いたのです。その時お電話してみようと思ったのに、とうとう七月になってしまって、早速電話をすることにしました。

Tちゃんのハガキには、

「お元気ですか、私は小さな畠で楽しんで過ごしてます。お逢いしたいですね」

と書き添えてありました。

早速電話すると、

〝もしもしTちゃん〟

「はいそうです」

〝しばらくです、私、わかる？〟

「うーん……あ、わかった！　わかちゃん」

〝大当たり！〟

「わかちゃんから電話来るなんて、びっくりしたわ」

と、次々と話が絶えません。

ご主人も亡くなられて、一人暮らしで誰にも遠慮いらないので、ぜひ遊びに来て、ゆっくりお話しましょう、と誘いを受けました。

出無精《でぶしょう》な私ですが、彼女の元気のよい明るい声に引かれて、腰がむずむずしてきました。彼女の言うとおり、

「思ったらすぐ腰を上げなきゃ出られないものよ」
の声に、電話したのが六日で、八日に伺うことにしました。

Aさんのハガキは喪中のハガキでした。

ご主人が亡くなられたとの事で、まずは電話でお悔やみと思いながら、ぐずぐずしているうちに七月が来てしまいました。この年になっても、さっとすぐ行動を起こすTちゃんが羨ましい。

三人で食事をしてから、はや二十年も経ったとは！ 同じ土地に住んでいながら、月日のたつのは本当に早いものと、つくづく感じます。

七月八日には、Aさんは都合が悪く来られませんでしたが、Tちゃんと二人で二十年間のできごとを話したりして、ゆっくり楽しんできました。

Aさんには逢えなかったけれど、二日後お電話をしました。とってても喜んでくれて、

「先日は逢えなくてゴメンネ。先約があって断れなくて、子供の頃の友達の想い出は、やっぱりわかちゃんなの。学校の行き帰りも一緒だったからね。お電話くれて嬉しいわ」

と、また逢う日を楽しみに電話を置いたのです。

三人の口から一様に、

「あの人どうしたかしら?」

と、Kさんのことが気がかりなのは、同じでした。わりに早く結婚して、遠いところに行ったらしいと噂に聞いたところまでしか、わかりません。思いは同じなんですね。

修学旅行の秘話

逢えなかった友と電話で話した時、私の知らなかったことで、Aさんが今でも忘れず感謝している話を聞かされました。

私は初めて知ったことなので、びっくりしました。それは、次のようなことです。

高二の修学旅行、といっても、体を鍛える目的の十勝岳登山でしたが、持参する湯上りのための浴衣がなくて旅行に行けなかったのを、

「わかちゃんの小母《おば》さんが、着物をほどいて作ったズボンと浴衣を、『使いなさい』と貸してくれたの」

ご主人にも時々その話をしていたとのこと。六十年もの長い間、忘れずに、思い出しては母の話をしてくれた、と思うと、それが私には嬉しく、

「そのお蔭で修学旅行に行けた」

と言ったAさんに、逆に私のほうから有り難うと言いたいです。

Aさんも、今は亡くなったご主人と苦労して洋品店を築き上げましたが、その洋品店も長男夫妻が跡を継ぎ、立派に続けていますす。苦労が実ったのでしょう。

母の着物も、やがて母のモンペになり、上着になり、私のズボンや上着になりして、一枚一枚なくなっていきました。どこのお母さんもそうだったでしょう。

クラス会のこと

一年に一度クラス会があります。

場所は高砂台にあります、和風旅館扇松園《センショウエン》で行われます。

ここの大女将《おおおかみ》は、クラスメートの富美《ふみ》ちゃんです。

振り返ってみると、ふみちゃんにお世話になったことを二つばかり思い出しました。

療養所を出て一年後、私は結婚しましたが、長い間友達とは縁遠くなっていたので、友人のお祝いの言葉を誰にしていただくか悩みましたが、結局はふみちゃんにお願いしたこと、それから子供が生まれた時、病院に訪ねて来てくれて、思いがけないことでしたので、顔を見た時はびっくりもしましたが、とても嬉しく思ったことです。

平成十八年のクラス会は、喜寿の人のお祝いと健康祈願を願って神社に参拝するということでした。私は風邪で出席できませんでしたが、私の分も健康祈願のお守りをいただいてきたよ、とわざわざ送ってくれました。嬉しく頂戴して、いつもバッグに入れて持ち歩いています。

会の都度、何かとお手伝いをしてくれるNさん。今年十九年は、私も少々体調が悪くても出席して、皆さんと逢っておこう、年ですから、こんな考えで出席しました。

Nさんが私の傍に寄って来ると、小さい声で、

「わかちゃん、お孫さんできた?」

と聞きます。

「まあだ」

と答えると、Nさんは、「うちも」と言って二人で笑います。やっぱり孫の顔が見たいのね。このNさんが、私が退院してから家に逢いに来てくれた人なのです。

昔を振り返ってみるのはよいものだと思いました。忘れていたことを次々と思い出します。

恥ずかしい失敗談 1

私がそそっかしいので失敗した恥ずかしい話。

七十才になったとき、市から高齢者バス料金助成乗車証が送られて来ました。百円で乗れるので大変有り難いことですが、届いた時はもうそんな歳になったかと、チョッピリ淋しい気持ちになったのも事実です。

やがて一年ほど使用したころ、バスを降りる時、乗車証を見せて、ありがとうと百円を入れて降りようとした時、運転手さんに、「おばさん」と呼び止められました。

「はい」と振り返ると、「これ、期限切れだよ」と言われて、初めてよく見ると、五月三十一日までとなっていました。もう何日か、六月に入っていました。

運転手さんは、

「今まで何も言われんかったかい？」

「はい、言われませんでした」

自分の迂闊《うかつ》さにいやになり、「すみません」と謝りました。

「今日はいいから、すぐ取り替えなよ」

と言われ、急いでバスを降りました。


二度目のバスの失敗談。

この日は、ありがとうとお金を入れて背を向けた時、運転手さんに、「奥さん、五十円ですよ」と呼び止められて、びっくり。

「すみません」と、まだ他の乗客もいるので、百円を入れてすぐ降りようとしたら、「奥さん、お釣り」と声をかけられましたが、

「お釣りはいいです」と言って、早々に降りました。

家に帰って、百円と五十円では大きさも違うし、五十円には穴も空いているし、たとえ確かめなくてもわかるはず、何で？と

しばらく考えてしまいました。

恥ずかしい失敗談　2

このことがあってから、バッグの外ポケットに乗車証と百円だけ入れることにして、これなら降りる間際に出しても間違うことはないと安心していたのに、またもや大恥を――。

この時は飛び上がるほどびっくりしました。

月に一度眼科に通っています。運動のためにわざわざバスを乗り継いで、遠い病院まで行っています。前回の失敗をくり返さないように、百円玉だけ入っているか確認して出掛けました。バスの時間は三十分に一度なので、一台遅れると三十分以上待つことになります。薬局では時計を見ながら、つい焦ります。

この日も何事もなく、無事我が家近くになり、降りる間際にお金と乗車証を出し、お金を入れ背中を向けた途端に、運転手さんの声が飛んで来ました。

「おばさんッ、十円だよう」

私は思わず、「げっ！　じゅうえん」と叫んでいました。何が何だかわからぬまま、あわてて百円を入れて、すぐ降りればいいのに、ほんのちょっとの間、「百円しか入れてないのに、なぜ十円玉が」と考えて立っていたら、運転手さんが、

「おばさん、おつりはないよ」

と大きな声で言われて、二度恥をかきました。

家に帰り、お金を確認したところ、百円玉十枚、十円は一枚も

なし。ということは、百円十枚の中のたった一枚の十円を引き当てたことになります。

なぜ十円が入ったのかわかりました。薬局で薬をいただいた時、バスの時間が迫っていて、おつりを全部外ポケットに入れてしまったのです。そのおつりの中に、一枚十円玉があったのでしょう。コートのポケットに入れてもよかったのに……。それより大事なのは、手に持ったお金を目で見てから入れればよいことです。

こんな当たり前のこと、同年代の奥様方に笑われますね。そそっかしいなどと言ってはいられません。以後はしっかりと百円玉を眺め、確認をしてから椅子を立ちます。

ですが、私の失敗談は、留守番をしている主人への土産話でもあるのですよ。

笑いの種でもあります。二人暮らしでも話題になり、笑いありで、結構賑やかなのです。

近頃の子どもたち

主人と一緒の外出はめったにありません。親戚のお祝い事やご不幸の席などですが、デパートの催し物がある時に、二人で買物に出たことがあります。デパート内をぶらぶらして、少しばかり食の足しになるものを買い、帰りのバスの中でのことです。

途中で乗って来た三人の少女、それぞれ違った服装、はきものも、スニーカー、ぞうり、サンダル、だったかはっきり思い出せないのですが、ちょっと気になる三人グループでした。話し声が耳に入り、びっくり。

「あのにぎりめしをよ、何個だか喰ってよ」

何と、これが女の子の言葉かと思い、少しばかり淋しく感じました。私の降りる停留所の二つ手前あたりで、乗車証と百円を出して、手にしっかり持っていたつもりが、コトン、と音がしたので手を見ると、ない。

(落とした)

そう思い、足元のあたりを探しましたが、見つかりません。

(いつまでも探してるのも恥ずかしい)

と、探すのを止めました。

と、後ろから、右肩をトントンと叩く人がいるので振り向くと、一人の少女が「これどうぞ」と、百円玉を手の平にのせて、出しているのです。

「あらっ、どうもありがとう」

と言って受け取りました。

私の降りる停留所が近づいても、三人は降りるようすもないので、私は立ち上がってから、「さっきはありがとうございました」と後ろを振り向き、礼を言いました。

その時の三人は、きっちりくっついて固まった感じ、六つの膝小僧をくっつけて、六本の手を膝にのせて、そんなようすでコクンと頭を下げました。

まあ、そのようすの可愛かったこと。最初の印象はどこかに飛んでしまいました。

今でも時々、あの三人は女子高生だったのかしら、今年あたり卒業したかもなどと思ったりしています。

少子化のこと　1

私が今一番心に思うことは、少子化の問題です。

私達が子供の頃に遊んだ中に、ままごと遊びがあります。誰でも遊んだ時期があったはずです。古ゴザを母さんから貰い、板切れに小さなナイフ、草花を摘んできて刻んだりちぎったり、お料理を作るお母さん役、鞄様の箱を抱えて「ただいま帰ったぞ」と言うお父さん役、この姿が子供達に自然に身についた、未来の生活だったたのでしょう。

主人の姪の姉妹が、高校を出ると、すぐ就職しました。その時に、社会勉強は三年、その後結婚をする、と言っていると聞き、偉いと思いました。

事実、そのとおりに結婚をし、二人とも男子を二人授かり、上の姉の子は今大学受験目指して勉強中。妹の子は、自分で行く道を決め、消防士になると受験をし、合格したとのこと。これも偉いと思いました。中学、高校時代はサッカーをやって体を鍛え、身長も百八十五センチあるとのことです。

女性は、小さいうちから、やがて結婚して母になりたいと自然と心に思うように母親が育めば、勉強づけになって有名大学に入ることに夢中にはならないのではないかと思うのです。目標があって、才能があって、やりたい仕事のため、その道の学問に取り組むための進学なら、女性でも一所懸命頑張ってください。

けれども、ただ大学生活を楽しみたい、ボーイフレンドを見つけるため、等々で進学するのはおやめになって、せめて短大で家庭を持った時に役立つ勉強をしてはいかがなものでしょうか。

それと、女性があまり社会に進出することにより、男性の職場が狭くなっているということはないだろうか、と思うのは、七十六才の考えでしょうか。

女性は、できれば二十代前半で結婚し、二十代で母親になるのが良い結婚だと私は思います。今は長生の時代、子供を育て上げてからでも楽しい人生を送れるではありませんか。

昔の人は言いました……と母からよく聞いた言葉に、〝若い時の苦労は買ってでもせよ〟と。本当にそうだと思います。子育ての苦労も若い時にして、早く終わらせたほうが良いと思います。

少子化のこと　2

ある男の人の話です。お見合を三十回もしたが、なかなか決まらない。ある時気が付いたのは、自分が選んで決めるつもりが、選んでいるのは自分だけではない、相手も選んでいるのだということです。

それで、三十一回目のお見合はうまく運んで結婚したそうです。男の人も女の人も、お互いに一歩引くことで相手を見ることですね。

最初のままごと遊びにも通じるところがありますが、だいぶ前、アイドル歌手の人が、

「私は、お母さんの真っ白い割烹着姿が好きでした。朝、台所で白い割烹着を着て、朝食の支度をしているお母さんの後ろ姿にあこがれて、私もお母さんのようになりたい、と思っていました」と言っていたそうです。

大臣さん達は、子供の手当を増やすと言って大きな声で叫んでいますが、手当をふやしたら、じゃあ、もう一人子供をつくるわ、早く結婚して子を生むわと、子供が増えるでしょうか。それよりもやはり、最初が肝腎だと思います。

健康な子供がたくさん元気に走り回っている姿が、今はあまり見られないような気がします。

葬儀のパンフレット

主人がこの頃、「どうするかなあ、入っておくかなあ」と言うので、「何の話？」と聞くと、葬儀の積み立てのパンフレットを貰ったので、読んでいるうちに入会した方がよいような気持ちになってきたとのことでした。自分の死んでからのことを心配する年になったかと、少し淋しい気もします。まだ平均寿命には間があるのに、と言いたくもなるけれども、これればかりはわかりません。

主人が言うには、

「お母さんが先に逝《い》ったら、そんなに心配することはないよ。でも、俺が先に逝《い》ったら、お母さん大変だよ」

「うん、それもそうね」

と、ちょっとその気にもなってしまいます。

「写真はこのようにして、少しカラーを入れて、祭壇は小さくても花はたくさん欲しいね」

などと、だんだん楽しい話をしているような気分になりましたが、ちょっと待ちなさいよ、まだ平均寿命までだいぶあるのに、やはり深く考えることないよ。体の部分はすべて大切なところばかり、それぞれ労《ねぎら》って使って、あまり人のお世話にならぬように生きましょう。私達は、お米を食べて育ち、お米を食べて七十六才まで生きてきたでしょ。だから、お米に感謝の気持ちで、八十八（米寿）まで頑張りましょう、と考えたら、気分がさっぱりしました。

庭の松

庭に一本の松の木があります。

建売を買って入居した翌年に、叔父（母の末弟）が家を持ったお祝いにと、アカマツの鉢植えをくださったので、庭に植え替えたのです。

木の手入れ方法も知らずに、植えたままただ眺めているうちにどんどん大きくなり、誰かわからないけれど、「こんな木切ってしまえ」などと言う人もいましたが、お祝いにいただいたものですし、叔父も八十才で亡くなり、今は形見でもあり、切るなんてとんでもないことです。

庭師に頼んで、高さも低くし、整枝をしてもらい、すかっとした気分になりましたが、二年もするとすぐ乱れ、三年に一度は手入れをすることになります。それだけお金もかかっているし、愛情も湧いてきます。大きく育って、生きている木は自然に倒れるか枯れるまで待つつもりです。切るには忍びない思いがあります。「立ち木を見る」と書いて「親」と読む、と聞いて、本当にそのとおり、漢字は皆何か意味を含んでつくられているのだと感心しました。

今頃感心しているのは、私だけかも知れません。木の成長を見ながら、子や孫の成長を願うのが親ですよ、ということなのでしょうか。

朝顔

朝顔が好きで、毎年、種類別に蒔いて楽しむつもりが、育てるのが下手なのか、なかなか満足するものができません。

「夏はたっぷり灌水を、プランターや鉢は、葉が茂るにつれて水切れを起こす。水を切らすと葉が枯れるので、たっぷり水を与えること」

と、本を読んで参考にしているのに、気温との兼ね合いと私の体調によって、ついつい水やりをおろそかにして失敗をしてしまうのです。

今年は一番悪いようです。三本残した中の一本は、自然の雨を貰ってから、どうにか伸びて芯も立ってきましたが、後の二本は、葉は何枚も出ては間が伸びないので、葉が重なり合って、これではとても花は無理、と思いながらも、生きているので抜かずにしばらく植えておこうと思っているところです。

もちろん、きれいに咲かせた時もあります。また、いろいろな種類の種が入っているのを買って、あらゆる所に蒔いてみたら、全部咲いて、あまりにきれいなので、一輪ずつ写真に撮ったこともありました。

そんなこともあれば、あまり手をかけすぎて、肥料のやりすぎで、葉ばかり大きくなり、花は少なく陰にかくれて見えず、葉をむしったりして花を見たりしたこともあります。

昨年は、ブルーの中輪がたくさん咲いて、とても満足しました。

一番たくさん咲いた日で十三輪くらい、毎朝朝顔の数を数えるのが楽しみでした。

今年のものは一本だけに頼みをかけ、九月中に、小さくていいから一つだけでも花を見せてね、と、毎朝話しかけています。

おわりに

もうすぐ八月十五日。終戦記念日が来ます。平和という言葉に埋もれて暮らしていますが、ちっとも平和とは言えない気もします。世の中に起こるいろいろなできごとは、心のありよう、または考え方による行動が表に出たものではないでしょうか。

考えてみると、昭和六年に生まれ、七年には満州事変、一年生に入学する頃の十二年には支那事変、そして五年生の十二月に大東亜戦争と、ずっと戦争とおつきあいしてきたわけです。

今は、日本が直接に戦争に巻き込まれてはいなくても、世界のどこかで戦争や貧しい人達が巻き込まれる争いが絶えず、悲しいことです。

まず日本国内に、人々の心に本当の平和が来ることを祈っています。

お盆に入ると、親姉妹の供養にお坊さんが、お経を上げに来て下さいます。

そして、毎年のことですが、靖国神社参拝で世間がさわがしくなります。

私はそれを聞くたびに、私が十三才のとき、二十才の若者が、国のためと死を覚悟で飛び立っていったことを思い出すのです。A級戦犯の中にも、あくまでも戦争に反対だった民間人が居られると聞き、戦争はむごいものと思います。

ですから、戦犯の御霊《みたま》と、さまざまな思いを抱いて散った英霊は、いっそ分祀してあげてほしいと思います。
そうすれば、参拝する方も、それぞれの思いを抱いて手を合わせることができ、御霊も安らかに眠ることができるのではないでしょうか。

合掌

花摘めば舞い来る白き蝶二つ

灯ともして灯籠流す父母《ちちはは》に
消えず届けと祈り見送る

平成十九年　八月五日

著者紹介

佐藤 わか（さとう わか）

昭和６年、北海道にて、３人姉妹の末っ子として生まれる。

14歳の時に終戦を迎え、その後療養生活などを経て、昭和32年秋、結婚。

現在77歳。

本書に収録した日記は、昭和19年の10月から12月にかけて、高等科２年に在籍していたころに書かれたものである。

昭和十九年、十三才の日記

2008年２月１日　初版第１刷発行

著　　者　佐藤 わか
発 行 者　韮澤 潤一郎
発 行 所　株式会社 たま出版
〒160-0004 東京都新宿区四谷4－28－20
☎03-5369-3051（代表）
http://tamabook.com
振替　00130-5-94804

印 刷 所　図書印刷株式会社

ISBN978-4-8127-0247-5 C0095